Días festivos nacionales

Michelle Jovin, M.A.

Nuestro país tiene muchos días festivos.

¿Qué aprendemos de ellos?

Enero

Dom.	Lun.	Mar.	Mié.	Jue.	Vie.	Sáb.
						1
			5	6	7	8
9		11	12	13	14	15
16	17	18	19	20	21	22
23	24	25	26	27	28	29
30	31					

Día de Martin Luther King Jr.

Aprendemos a ser justos y amables.

Febrero

Dom.	Lun.	Mar.	Mié.	Jue		
		1	2	3		
6				10	11	12
13				17	18	19
20	21	22	23	24	25	26
27	28					

Cumpleaños de Lincoln

Cumpleaños de Washington

Aprendemos sobre nuestros líderes.

Mayo

Dom.	Lun.	Mar.	Mié.	Jue.	Vie.	Sáb.
1	2	3	4	5	6	7
8	9	10	11	12	13	14
15	16	17	18	19	20	21
22	23	24	25	26	27	28
29	30	31				

Día de los Caídos

Aprendemos sobre quienes murieron.

Julio

Día de la Independencia

Dom.	Lun.	Mar.	Mié.	Jue.	Vie.	Sáb.
					1	2
3	4	5	6	7	8	9
10	11	12	13	14	15	16
17	18	19	20	21	22	23
24	25	26	27	28	29	30
31						

Aprendemos sobre la libertad.

Septiembre

Dom.	Lun.	Mar.	Mié.	Jue.	Vie.	Sáb.
				1	2	3
4	5	6	7	8	9	10
11	12	13	14	15	16	17
[illegible]	[illegible]	[illegible]	21	22	23	24
25	26	27	28	29	30	

Día del Trabajo

Aprendemos sobre el trabajo duro.

Noviembre
Dom. Lun. Mar. Mié. Jue. Vie. Sáb.
Día de los Veteranos
1 2 3 5
6 7 8 9 10 11 12
13 14 15 16 17 18 19
20 21 22 23 24 25 26
27 28 29 30

Aprendemos sobre los soldados.

Noviembre

Dom.	Lun.	Mar.	Mié.	Jue.	Vie.	Sáb.
		1	2	3	4	5
6	7	8				12
13	14	15				19
20	21	22	23	24	25	26
27	28	29	30			

Día de Acción de Gracias

Aprendemos a dar las gracias.

¡Dibújalo!

1. Elige un día festivo que disfrutas.

2. Haz un dibujo de ti en ese día.
3. Rotula el dibujo.

Asesora

Mabel Huddleston
Distrito Escolar Unificado de Tustin

Créditos de publicación

Rachelle Cracchiolo, *M.S.Ed., Editora comercial*
Conni Medina, *M.A.Ed., Gerente editorial*
Emily R. Smith, *M.A.Ed., Realizadora de la serie*
June Kikuchi, *Directora de contenido*
Caroline Gasca, *M.S.Ed, Editora superior*
Susan Daddis, *M.A.Ed., Editora*
Sam Morales, *M.A., Editor asociado*
Courtney Roberson, *Diseñadora gráfica superior*
Jill Malcolm, *Diseñadora gráfica básica*

Créditos de imágenes: pág.3 Reg Lancaster/Express/Getty Images; todas las demás imágenes de iStock y/o Shutterstock.

Library of Congress Cataloging-in-Publication Data

Names: Rice, Dona, author.
Names: Jovin, Michelle, author.
Title: D?ias festivos nacionales / Michelle Jovin.
Other titles: National holidays. Spanish
Description: Huntington Beach, Calif. : Teacher Created Materials, 2018. | Audience: K to Grade 3. |
Identifiers: LCCN 2018022140 (print) | LCCN 2018027215 (ebook) | ISBN 9781642901245 (ebook) | ISBN 9781642901085 (pbk.)
Subjects: LCSH: Holidays--United States--Juvenile literature.
Classification: LCC GT4803 (ebook) | LCC GT4803 .J6818 2018 (print) | DDC
394.26973--dc23
LC record available at https://lccn.loc.gov/2018022140

Teacher Created Materials
5301 Oceanus Drive
Huntington Beach, CA 92649-1030
www.tcmpub.com

ISBN 978-1-6429-0108-5

Printed in China WAI002